안에서 내다본 밖

개미

안에서 내다본 밖

최미림 외

　전문예술단체 〈장애인인식개선오늘〉은 장애인의 문화
예술 활동을 지원하는 프로그램을 통해 장애인이 창조적
문화예술 활동을 하면서 성장하고 인정받는 것은 장애인
어느 한 개인의 역량만으로 가능한 것은 아닐 것입니다.
　더불어 장애인 문화예술 활동을 활성화시키기 위해서
는 장애인의 문화적 욕구와 권리에 대한 국가적 차원에
서 지원과 배려가 반드시 필요하다고 생각합니다. 지금
까지 장애인 문화예술 활동에 대한 배려가 없었던 것은
아니었지만 비장애인에 대한 지원과 배려에 비해서는 미
미한 수준이라고 생각됩니다.
　장애인의 '문화적 권리'가 '적극적 권리'로 규정된 것
에 비해 장애인의 경제적 조건은 여기서 말하는 개인의
경제적 조건이 아닌 인간의 가장 기본적인 권리 이동권
과 문화 향유에 대한 시민적 권리를 말하는 '인권적 측
면'을 지칭하는 것입니다.
　장애인의 문화예술은 교육활동과 참여할 수 있는 기회
를, 이동권 확보를 통해서야 비로소 직업재활과 경제활

동 등을 할 수 있는 생산적 복지의 틀을 '대한민국 장애인 창작집 발간지원'을 통해 콘텐츠 확보에 주력하였고, 가능성을 확인할 수 있는 결과를 '2014년 세종도서문학나눔 우수도서'에 선정된 장애인 작가들의 작품성을 통해 확인하였습니다.

곧 '장애인문학'의 대중화를 시킨 최초의 사례가 된 것입니다. 즉 장애인 문화예술교육 활동의 기회제공, 이들의 작품성으로 인한 대중적 접근성을 신장하였고 문화예술계 전반에 참여할 수 있는 역량강화에 이바지한 것입니다.

또한 이와 같은 장애인 사회참여 과정은 작가와 독자가 되어 보다 풍요로운 삶을 영위할 것이며 동시에 사회통합과 공동체 사회의 이념을 다듬어 나가는 초석이 될 것입니다.

이번 장애인 창작집 발간지원 사업에 선정된 장애인 작가들은 작품집과 대중성을 확보하여 문화적 권리 즉 장애인문학을 통하여 보다 적극적인 문화적 권리 함양에 이바지함은 물론 이러한 콘텐츠를 통하여 일자리 창출의 기회를 삼아 '생산성 있는 문화 복지'의 주인이 되길 바라는 마음 간절합니다.

2015년 세밑에서
전문예술단체 〈장애인인식개선오늘〉
대표 박재홍

장애인 예술의 개념을 보면 장애가 있는 대부분이 스스로의 예술 작업을 장애예술이라는 용어로 구분지어 불리는 것에 대한 거부감을 가지고 있는 등 장애예술이라는 용어 자체가 작금에 논란이 되고 있는 것은 사실이다.

그러나 최근 문화복지 신장과 문화예술의 사회적 통합의 역할이 강조되어 장애인 예술 활동에 대한 사회적 관심이 높아짐에 따라 장애인과 관련된 예술 및 예술 활동의 정의와 범주에 대한 논의가 활발히 전개되고 있다는 것 또한 사실이다.

현재 논의되어진 장애인 예술을 "신체적 정신적 장애를 가지고 있는 사람이 예술작품을 창작하거나 표현하는 행위"로 한시적으로 정의함을 정론으로 하고 있다.

결국 일반적으로 예술인들은 아래의 특징을 가지고 있다. 예술창작을 본질적인 부분으로 생각하고, 고용되었거나 어떤 협회에 관여하고 있는지의 여부에 관계없이 예술인으로 인정받고 있거나 인정받을 수 있는 사람으로 규정하고 장애예술인 역시 위의 예술가의 특징을 가지고 있으면서, 신체적·정신적 장애를 가지고 예술 활동을 하고 있는 사람으로 규정할 수 있다고 정론화된 다수의 의견을 전제로 선정된 작가들의 심사평을 쓰기로 했다.

최미림 외 18인 시인들의 『안에서 내다본 밖』은 깊은 소망이 담겨있는 시집이다. 최미림은 대전에 있는 사회복지 시설 성재원에서 살고 있다. 말은 잘 표현할 수 없지만 감정과 눈짓 카톡을 통해서 너무나 맑은 대화를 주고받을 수가 있다.

지인들과 페북을 하며 혹은 카톡을 하며 올리는 시들이 영매의 맑기가 이슬 같다. 잠재적 시적 감각은 그녀의 시 구절을 빌리자면 "이른 아침에 나는 눈을 뜨자마자 / 눈 쌓인 새벽에 혹시나 당신이 쌓인 눈처럼 쿨럭거리며 아프지는 않을까?"라고 묻는다.

최근에 어느 고등학교 학생이 안녕, 하십니까?라며 세상을 깨운 것처럼 이 시집을 통해 침묵하며 봉으로 꾹꾹 눌러쓴 시가 세상 사람들이 따라 걷는 서설(瑞雪)이 되기를 간절하게 바라본다.

　　— 심사위원회

　이 소중하고 아름다운 삶의 이야기를 어찌 표현할 수 있을까 눈으로 보고 느끼는 즉흥적 즐거움은 충분하게 이해가 되는데, 다른 이들에게 이 행복과 아름다움을 표현하고 전달하려 할 때 이곳 시설에서는 "안에서 내다본 밖"일 뿐 무어라고 표현할 수 있을까. 새장 속의 새처럼 이 시집 한 권에 새장 문을 열어 보낼 뿐이다.

2015년 12월
사회복지법인 성재원 창 안에서
최미림

공동시집
안에서 내다본 밖
차례

발간사 004

심사 후기 006

시인의 말 009

제1부
안에서 내다본 밖

최미림 시

마음의 표정들 016

'자유롭다' 하겠다 017

바라볼수록 018

성재원 밤에는 019

나도 이렇게 020

기도 021

아주 단순한 것들이라도 022

미소 023

행복을 주는 씨앗 024

우연 025

그리운 마음 026

그 1분으로 027

조건 없는 나의 꿈들 028

그대란 작은 햇살은 029

질문 030

환한 그 미소 032

별 하나가 033

그대 최고다 034

성재원의 하루 035

하루가 지루할 때 036

난 그래도 행복한 사람이다 037

간직하는 것들은 다 동사다 039

지울 수 없는 번호 040

한 사람 041

성재원에는 생각이 많다 043

고마워요 044

선물상자 045

라디오는 나의 풍경입니다 046

그대라는 나무 048

제2부

18인의 시

김선호 편지 한 장 052

그리운 마음 053

권오웅 민들레 055

시인이 되기 위해 057

김승기 겨울 물억새 059

씀바귀 세상 061

김옥미 홍시 063

토란 위에 물방울 064

김윤진 목포 아저씨 065

홍화씨 068

김준엽 겨울의 방파제 070

깃털 없는 새 072

김창현 불당골 종소리 074

천애를 보듬다가 076

문용덕 거제도 포로수용소에서 077

겨울나무 079

백국호 돌탑을 쌓아가는 사람들 081

갓김치 082

서경구 달맞이꽃 084

그림자 086

위수연 엄마 087

식은땀 088

이계천 내가 미워할 수 있는 것은 090

기다림 1 092

이남로 수박을 먹으며 093

겨울 묵상 094

이내윤 베를린 장벽도 무너졌는데 095

낙엽 1 097

이봉명 꿀벌로부터의 가을 099

장날 101

조재훈 탐지용 지팡이 103

수지 지팡이 105

최경선 봄 강에서 107

봄 풍경 108

최종진 들꽃 109

정물화 110

제1부

안에서 내다본 밖

최미림

마음의 표정들

최미림

아침에 가을바람과 산책을 하다가
작은 연못 위에 내 얼굴을 비추었죠

얼굴의 표정들이 흘러갔고
하나둘 기억이 흘러

나도 누군가를 위해
해맑게 웃는 표정을 비추고 싶었죠

'자유롭다' 하겠다

푸른 하늘 속은 언제나 모험을 하는 새떼가 되어
본 적이 있었다

담백한 아침을 지을 수 있는
멋진 가운을 입는
요리사가 되어 보아도 좋다

가끔
한들한들 신나게 춤추는 이름 모를 꽃이 되어본다

아침에 창문을 열면 눈부신 작고 고요한
가을 햇살이 되어본다

비몽사몽 잠을 깨워 주는
신화 속에서 찾아온 아름다운 남자는
새콤한 레몬 향기가 났다

바라볼수록

그대를 위해 눈부신 아침 햇살이 되고 싶다
쿠션이 되어 진한 커피 향기가 묻어나도 좋다
달콤한 노랫말이 되어 흥얼거려도 좋다

그대를 위해 튼튼한 작은 나무의자가 되어
나는 그대 위해 소중한 의자가 되고 싶다

간혹
새떼들이 하얀 스웨터의 털을 날리며
짓궂은 장난을 하며 뒹구는
되고 싶은 것이 많은 이야기로 살고 싶다

성재원 밤에는

온종일 마음 구석에는 무엇을 생각할 수 있는 두 가지
가 있다
감사의 가지와 이해의 가지가 나뭇잎처럼 맺은
기도로 남을 용서하는 잎이 되어 떨고 있다

밤은 낮을 기다리고 낮은 밤을 기다리는 이중음

나도 이렇게

주신 마음으로 살고 있다 기도로 책을 읽으며 조금 자
유롭고 싶어서
밖을 내다 보는데, 안에서 밖을 내다보는 마음이
나도 이렇게 사람처럼 웃고 있다
새가 되고 싶어서

기도

　사람들은 아무리 나를 포기해도 사람들은 아무리 나를
무시해도
　사람들은 아무리 나를 미워해도 사람들은 아무리 나를
외면해도
　사람들은 아무리 나를 비판해도 사람들은 아무리 나를
원망해도

　나를 잘 아시는 주님만을 항상 찬양하고 기도하고 있
습니다

아주 단순한 것들이라도

나는 너에게 이 아름다운 세상을 볼 수 있는 눈으로 너
를 향해 있는데
지금 어디를 바라보는 걸까 너는?

따뜻하게 말을 할 수 있는 입으로 너를 향해 고백을 하
고 있는데
너는 지금 누구에게 어떤 말을 하는 걸까?

나는 너에게 열심히 일을 할 수 있는 손으로
지금 너를 위해 한편의 시를 쓰는데
너는 누구를 향해 귀를 기울이는 걸까?

가만히 속으로 곰곰히 생각을 해볼 때마다
나의 사랑은 조금씩
너를 향해 깨달아 갈 수 있게 될 것이다

미소

멀리서 나를 향해 달려오는
너의 모습

언제나 나를 바라봐 주는
너의 따뜻한 미소

때로는 내가 아플 때나 기쁠 때
옆에서 힘이 되어 주는
너의 자상한 말 한마디

창문을 넘어 이파리로 흔들리는 손
그러기에 나두 너에게 한결같이
한 사람만 위해서

행복을 주는 씨앗

봄비가 내리는 날 발자국 빗물에 몸을 얹어 따라 갔어
그곳은 사람들이 많이 모여 있는 공원에서
울고 있는 달래머리 아이에게 조용히 다가 섰지

봄비는 여자아이 손에 씨앗 하나를 주면서
작은 목소리로 이렇게 속삭이고 있었지요
햇살처럼

우연

길을 걷다가 너를 우연히 보았지
하지만 난 너를 보아도 아무런 말도 못했지
꽃이 눈을 틔우는 시간

이젠 내가 있었던 그 자리에 내가 아닌
쓸쓸한 마음으로만 바라보고 있었지

하오의 그림자가 멎기 전
꽃이 움츠리는 그 순간
보이는 너

그리운 마음

나는 눈이 있어서 그대를 볼 수 있지만 입이 있어도 그
대를 위해
노래를 불러 주고 싶어도 나는 노래를 부르지 못한다.

나는 귀가 있어 그대의 멋진 목소리를 들을 수 있지만
손이 있어도 그대를 위해 요리를 해주고 싶어도
나는 요리를 해주지 못한다.

나는 머리가 있어서 그대의 이름을 기억할 수 있지만
발이 있어도 그대의 따뜻한 품으로 달려가고 싶어도
나는 그대 품으로 달려가지 못한다.

그렇지만 내가 이 세상을 사는 동안에는
내 마음속에 그대를 소중히 여기며
간직하면서 숨을 쉬고 싶다 그러는 중에
성재원에는 밤이 깃든다.

그 1분으로

그 1분으로 그대를 사랑하지 못하고 좀 더 사랑했더라면
그대의 뜻을 이해하지 못하고 좀 더 이해했더라면
그분으로 그대와 함께 했던 추억을 기억하지 못하고
꽃의 숨결을 느꼈더라면 떠난
나비의 딛고선 허공에 아쉬워 떨지 않았을 것을

이렇게 바보처럼 그대의 깊은 생각들을
이제야 알게 되었네요

조건 없는 나의 꿈들

나는 아무런 조건 없이 그대를 한없이 사랑하고 싶다
꽃등에 얹은 바람의 손길처럼
그대의 등을 토닥토닥 다독여 주고 싶다

그대를 위해 축복의 기도를 하고 싶다 아무런 조건 없이
미소를 기억하고 있는 발등 위의 햇살처럼

그대란 작은 햇살은

나의 달콤한 선물이죠, 따뜻한 이불 속에서
눈부시게 빛으로 아침을 깨우는
작은 햇살 같은 그대가 있으니까

나는 아직 잠이 덜 깨인 눈으로 다정하게 나를 밤새 지
켜주는
그대에게 햇살을 향해 안기듯 안겼습니다

오늘은 무엇으로 너를 웃게 하고 어떤 사랑의 말들도
행복한 이 하루를 보낼 수 있을까?

들고 선 나는 이렇게 눈으로 난 그대의 있는 그대로 볼
수 있는
해맑은 그 미소 하나와 그대의 진실된 사랑의
선물을 주는 것만으로
나를 감동하게 하는 것이라고 대답했죠

질문

너는 알고 있니? 너를 위해 고생하면서 주름살이 점점 생기는 부모님의

그 따뜻한 마음을! 너를 위해 오늘 저녁에는 너에게 뭐를 해줄까

고민하면서 너의 건강을 챙기면서 시장가시는 엄마의 식단은 이곳에 없다

너는 알고 있니? 너의 교육을 위해 이른 새벽마다 잠든 너의 모습을 보면서

오늘도 양복을 입고 바쁘게 출근하는 듬직한 아빠의 멋진 모습을

너를 위해 잘되게 해주라고 너만 모르게 조용히 두 손 모으고

사랑하는 주님 앞에 감사의 눈물 흘리며 기도하는 부모님의 뜻

이곳에는 정말이지 없다

두려워하지 말아라! 그 꿈 위해 달려가는 너의 한 걸

음씩마다 천천히

　　따라가고 계시는 너를 가장 사랑하고 아끼는 아름다운
부모님이란

　　귀중한 존재가 있다는 걸 절대로 잊고 무시하면 안 된다

환한 그 미소

언제나 나를 눈부시게 깨우는 모닝커피, 나를 든든하
게 만드는
그대의 맛있는 아침 식사, 감미롭게 해주며 안겨오는
그대의 맑은 기타 연주

나를 따뜻하게 다독여 주는 그대의 포근한 마음
해맑게 웃게 해주는 그대의 흥미진진한
귀여운 표정

언제나 나의 하루를 감사하게 하는 그대의 간절한
눈물의 기도 언제나 나를 힘차게 응원해 주는
그대의 진실한 사랑은 백야

별 하나가

언제부턴가 내 맘에 조금씩 들어온 별 하나가 있었습니다.

그 별은 울고 있는 나에게 토닥토닥 다독여 주고 있습니다.

그 별은 힘들어서 주저앉아 있는 저에게 손을 내밀고

이제 제 맘 속에서 나올 수 없게 그 별
그믐밤에도 뜨는데

그대 최고다

그런 나를 위해서 헌신적으로 보살펴 주는 그대의
따뜻한 손을 살며시 잡아주면 그대의 지친 어깨도
토닥토닥 안마를 해주면 이렇게 글로 표현했지요

오늘 하루도 저를 위해서 열심히 감사 기도를 해주셔서
힘이 되고 사랑한다고 작은 손짓으로
표현을 할게요 바람의 무등 타고
봄날에 나무처럼

성재원의 하루

오늘은 종일 집에 있다 보니까 좀 지루해서 문득 나는
다락방에 올라가서 보니까 한쪽에 가지런히 놓여 있는
장난감 상자들이 있었습니다

어릴 때에 갖고 놀던 장난감 상자들을 하나 둘씩
꺼내보니까 유난히 눈에 띄는 마법 모자와
마법 요술봉이 있었습니다

더딘 하루가 참 길었습니다. 유년의 흔적들 때문에

하루가 지루할 때

내가 만일 투명인간이 된다면 사랑하는 사람 옆으로 가서
토닥토닥 안마를 해주고 싶지요

내가 만일 우주인이 된다면 9개의 우주선을 하나 둘씩
우주정복을 하고 싶지요

내가 만일 패션 디자이너가 된다면 세상에서 단 한 사람을 위해
멋진 옷을 만들고 싶습니다

내가 만일 의사가 된다면 나보다 더 아픈 사람들의 병들을
깨끗이 낫게 하고 싶었습니다

난 그래도 행복한 사람이다

난 입이 있어도 말을 못해도 귀가 있어서 내가 사랑하는 사람들과 통화하면
멋진 목소리를 반갑게 들을 수 있어서 난 그래도 행복한 사람이다.

난 손이 있어도 먹을 것들은 혼자 먹지도 마실 수도 없지만
눈이 있어서 아름다운 세상과 멋진 사람들을 볼 수가 있어서 난 그래도 행복한 사람이다.

난 발이 있어도 내가 가고 싶은 곳으로 갈 수 없지만
머리와 마음이 있어서 감사와 행복을 그리고 희망과 사랑을
전할 수 있어서 난 그래도 행복한 사람이다.

그러기에 난 비록 몸을 자유롭게 움직일 수 없지만 때로 힘들고
지칠 때도 있지만 마음 하나는 더 자유롭게

날아갈 수 있는 내 자신이 될 수 있다고 생각하면서
하루하루를 보낼 수 있어서 난 그래도 행복한 사람이다.

간직하는 것들은 다 동사다

웃지마라 그대의 미소 하나가 내 마음이 활짝 웃게 할
수 있지요
멋진 목소리 하나가 귓속에 희망을 속삭일 수 있죠
부드러운 손길 하나가 내 아픈 마음을
따뜻하게 만져줄 수 있지요

운을 떼자면 나도 부족하지만
작은 용기를 줄 수 있는
꼭 필요한 존재가 되고 싶다는 것이다

지울 수 없는 번호

무심코 전화 다이얼을 눌렀는데 내가 사랑했던
그대의 번호이지요.

그래서 손에 익힐 번호를 눌렀지만
신호는 가고 내 맘은 두근두근
비 맞은 풀잎처럼 뛰고 있었습니다.

하지만 그대는 무슨 마음인지
결국 내 전화를 받지 않았습니다.

나는 지금 그대가 정말 보고 싶은데
대답 없는 당신은 겨울바람의
등같이 보입니다.

한 사람

볼 수가 없어도 내 맘속으로 조용히 들어왔던
내게는 차가운 사람

들을 수는 없어도 내 귓등 위에 새소리처럼 상냥하게
목소리가 들리는 나의 멋진 사람

다갈 수는 없어도 내 품으로 조심스럽게
다가오는 붓꽃처럼 순수한 사람

기억할 수 없어도 내 머릿속으로 그리움에
사뭇 지울 수 없게 된 나의 소중한 사람

하루 종일 지치지 않는
하루의 존귀한 사람의 힘이 감사합니다

오늘 따라 그 사람이 너무나 보고 싶습니다
잘 지내라는 인사조차도 하기
어색해져 버렸습니다. 그렇지만 내 맘속에서는

지울 수 없는 사람이 되었습니다

울고 싶을 만큼 그 사람이 너무나 그립습니다
촛대처럼 기다리는 마음속의 그 사람

성재원에는 생각이 많다

이른 아침에 나는 눈을 뜨자마자 어김없이

눈 쌓인 새벽에 혹시나 당신이 쌓인 눈처럼
쿨럭거리며 아프지는 않을까? 생각하다
문득 마음이 슬퍼지네요

상쾌한 아침의 공기들을 함께
들이 마시고 눈길도 주고받고
나는 당신의 그 멋진
미소에 아침 먼동처럼 떠올라지네요

고마워요

사람을 통해 나를 다시 돌아보게 되었죠
항상 그 자리에서 나를 말없이 바라보는 그대가 있어서
참 많은 것을 알게 되었습니다

당신은 지금쯤 어떤 기분으로 내가 없이
잘 있는지 참 궁금하게 만들고 있습니다

당신과 함께 나눈 당신의 멋진 목소리
짧았던 시간들을 내 마음속에
언제나 추억으로 간직하며 살게요

나의 작은 손으로
당신께 살며시 드립니다
메리 크리스마스

선물상자

나에게는 작은 선물상자가
있습니다

상자 속에는 아무것도 보이지 않지만
나에게는 뭔가 보였습니다

비록 덩 빈 선물상자라도
누군가가 나에게 준 행복이 깃든

때론 힘들고 슬플 때마다
살짝 열릴 때를 기해
나 자신을
한번씩 돌아볼 수가 있었으면 좋겠습니다

라디오는 나의 풍경입니다

요즘은 가끔 라디오를 듣고 있지만 예전에는
내 친구가 되었지, 매일 같이 정신이 없게
학교 수업을 마치고 올 때면

어김없이 서랍 속에 넣어둔 작고
아담한 나의 친구 라디오

그렇게 한참 동안 라디오를
들으면서 학교 숙제를 하고 있으면

때로는 내가 좋아하는 음악들이
나올 때면 나도 모르게
맘속으로 따라 하는 내 모습

때로는 아름다운 세상 속 사람들의 살아온
정이 가는 이야기를 들으면

난 이런 생각을 문득 하게 된다

라디오는 나를
웃게 해주는 친구이다

그대라는 나무

언제부턴가 내게 작은 씨앗 하나가
생겼습니다.

그래서 나는 그 작은 씨앗을
내 맘속에 심고 가꾸고 지냈습니다.

매일 그 씨앗에게 내가 못다한
사랑과 미소를 줬습니다.

그랬더니 그 씨앗이 점점 자라서
행운목이 되었습니다.

맘에서 자랐던 나무는
서서히 나를 웃게 했습니다.

때론 내가 슬퍼할 때 말없이
따뜻하게 안아주고 사랑해 라고
해주는 아름다운 그대라는

나무가 되었습니다.

이제는 내 맘속에 나와 같은 숨을 쉬고
서로 의지하며 사랑을 하는 데까지는
그리 많지 않은 시간이었습니다.

제2부

18인의 시

김선호 외

편지 한 장 외1

김선호

편지 한 장 받기보다는
매일 편지을 쓰게 되기를
자기 진실을 숨기기보다는
하고픈 말을 다 감추어 두기보다는

사랑을 받아 낼 수 있게 되기를
오히려 사랑을 잃고
구속되기보다는
차라리 사랑에 푹 빠져
죽을 수 있게 되기를

그리운 마음

마른나무에 잎이 돋아
그 위에 매달린 이슬이 곱고
어느 사이 빛나는 햇살 영롱한 봄이
아지랑이 걸음으로 다가와

봄이 오는 길목마다
향기 고운 꽃들이 피고
새노래가 더욱 정겨운데
꽃구경 가자하던 이는 오시지 않고

바람에 지는 꽃잎이
흐르는 물속에 멀어져도
나무는 푸른 잎이 무성해졌어도
새소리 처량하고
달빛 고와도 여전히
혼자 있습니다

오늘도 창밖을 바라만 보는

마음 아시나요 바람결에
이 마음 전합니다

민들레 외1

권오웅

순이네 담장 밑이 좋아
가난한 사람들의 길목이 좋아
거기 그렇게
소담스레 살고 있는 민들레여

있어도 없는 듯이 긴 겨울 견디며
외로움을 걸러
그리움을 걸러
오직 하얀 꿈만 키우고 있구나

화려하지 않아도 넌 민들레
하늘 똑바로 쳐다보며
꽃 피울 수 있는
소리 없는 미소만 머금고 있어도
나비 떼 절로 찾아 드는

언젠가
안개 걷히고 따뜻한 날이 오면

씨방에 날개 달고
둥실 두둥실
맘껏 세상 구경할 수 있겠지

시인이 되기 위해

시인이 되기 위해 나는
비 내리는 도시의 밤길을 걸었습니다.
네온사인이 눈물 흘리는 거리를 지나
고달픈 삶들이
우산 속에 숨어드는 시장을 거쳐
캄캄한 어둠을
기적소리로 밀고 가는 기찻길까지
내 생각의 노예가 된 다리에게
무릎관절의 고통을 강요했습니다.

시인이 되기 위해 나는
찬바람 부는 산꼭대기를 올랐습니다.
낙엽이 뒹구는 텅 빈 집들과
흐름을 멈춘 강줄기를
꽁꽁 언 나목 아래로 내려다보며
내 집념의 강도를 측정하기 위해
살을 에는 바람 앞에
맨얼굴을 맡겼습니다.

그러고도 시인이 되지 못한 나는
또다시 시인이 되기 위해
하룻밤에 시집을 열 권이나 읽었고
하룻밤에 기와집을 열 채나 지었고
하룻밤에 모든 글자들을
조립해 보았지만
날이 새면 나는 역시 나일 뿐
내 앞에 시인이란 딱지는
붙어있지 않았습니다.

그런데도 나는 시인이 되기 위해
중독처럼
오늘도 연거푸 줄담배를 피우면서
감자 싹 같은
아련한 첫사랑을 되새김질합니다.

겨울 물억새 외1

김승기

겨울로 치닫는 강둑
젖은 안개가 내려앉았다

피 돌기를 멈추고 굳어진 팔다리
통증이 시커멓게 물결치고 있다

바람이 물기를 거두어 가도
군데군데 뭉쳐지고 구겨진
하얀 손수건

이젠 깃발의 소명도 끝나고
젖은 목화솜처럼
가느다란 줄기 끝에 매달려
힘겹게 햇살을 밀어내고 있다

퇴행성관절염을 앓는
바람만 가득한
겨울 가뭄

언제 끝이 나려나

씀바귀 세상

쓴 것도 곱씹으면 단맛이 난다
입 안에 침 고이는
단것들의 세상 유혹
몸 망칠 줄 뻔히 알면서도
사람들
손에서 놓을 줄 모른다
입에 쓴 것은 몸에도 좋다는데
힘들고 괴롭다고
아예 입에 넣을 생각도 않는다

살아오면서, 살아내면서
많은 날들을
바람에 흔들리기도 했고
비에 젖기도 했다
넘어지고, 엎어지고, 자빠지고, 나뒹굴어지면서,
멍들고, 긁히고, 찢어지고, 갈라지고, 부러지면서
지겨운 쓴맛 진저리도 쳤다

때론 단것이 그리워도
입에 맞지 않아
여태껏 손 한 번 대지 않고
지금도 쓴맛을 찾는다

쌈으로도 먹고
강된장 고추장으로 비비기도 하고
데쳐서 나물로 무치고
장아찌로 절여서 먹으며
쓴맛을 곱씹는다

이제는 안다
씀바귀도 뿌리와 줄기 잎이 서로 만나
악수 나누며
노랗게 세상 밝히는
꽃대 피워 올린다는 거르
쓴 것도 곱씹으면 고소한 단맛이 난다

홍시 외1

김옥미

서로 좋아서 얼굴 붉히고
그대 향한 그리움으로 물들어 가는데

우리 사랑 어느새
마른 가지가 되어
바람결에 사라지는
너와 나의 흔적들

마지막 잎새를 바라보다가
나도 새의 밥이 되어
내 생애를 마친다

토란 위에 물방울

무대 위에

물방울이 춤을 춘다

꼭두각시 인형처럼 인간의 손에서 억지웃음을 내며

살아보려는 발버둥이 아닐까

인간의 눈동자를 응시하며 좁은 무대 위는 숨죽일 듯

강한 인상으로 밀려오고

떨어지지 않으려는 물방울의 삶에서

우리도 삶의 한 공간에 머물다 살지 않을까

목포 아저씨 외1

김윤진

어이 새댁 멍멍탕 쪼까 먹어 볼랑가
아니오 저는 안 먹을래요
손사래까지 치며 질겁해서 거부하는 내게
아따 미용에 좋고 몸에 좋은 여름철 보약을
뭣땀시 싫다고 허능가

저희 집은 조상대대로 불도가 세서
그런 것 잘못 먹으면 반드시 부정 타요

워매워매 참마로 깝깝시러라
뭔 고런 귀신 씨나락 까묵는 소리가 다 있당가
먹어서 안 죽고 몸에만 좋으면 장땡이지
또 그라고 쌔가 댓발이나 빠지게 정신 나간 놈들 많어
무슨 개새끼한테 미용실 데려가네 이쁜 옷 사입히네
아까운 돈을 고로코롬 쳐바르나 몰러

이름만 혀도 그렇재 얼어죽을 개새끼 이름을
뭔 넘에 멋을 고로코롬 부리고 자빠졌어

해피 쎄리 미미 요런게 다 뭣이여

아 개새끼를 보고 해피라고 불러싸아면
고로코롬 불러쌓는 인간들이야 겁나게 해피하것재

어차피 키워서 인간들 입으로 한 입에
쏙 들어가불고 말 개새끼 팔자가 해피라고
불러준다고 뭣이 고로코롬 겁나게 기분이 해피하것어

초복이라고 불러쌓는다고 고노무 개새끼가
내 이름 겁나게 마음에 안 들어부니 언능
내 이름 개병 쪼까 해 주시오
요렇게 데모를 헐 것이여 뭣 헐 것이여

그저 초복이 중복이 말복이라고 딱 지어설랑
초복에 한 마리 잡아 묵고 중복에 한 마리 잡아 묵고
말복에 한 마리 잡아 묵으면 신선이 따로 없고
일 년 삼백육십오일 가내 두루 평안하고

위장도 편안허재 하여튼 넋 빠진 놈들 많아서
우리나라는 남북통일이 안 된당께

아 대그빡 빡빡 밀어부친 중놈들도 숨어서
삶은 개고기를 썰도 안 허고 통째로 잘만 뜯어묵더라
그람 그런 놈들은 폴새 베락맞아 뒤져야제
우째 거리를 활보하며 잘만 살아 있당가
다 찌잘데읎는 일이랑께

사람 사는 데 행복이 뭣이냐
그저그저 밥 잘 쳐묵고 뒤만 쑥쑥 잘 보면
고게 바로 행복이여
아 안 그렁가 새댁?

호호호 글쎄요
얼어죽을
글세는 서당 훈장이 받아 쳐묵는 거고
암튼지간에 요것 한 그릇 먹을껴 안 먹을껴?

홍화씨

너 약한 자여 내게로 오라
바람이 불면 날아가고
몸 가눌 수 없어 쓰러지는
약하디 약한 자들아
다 내게로 오라

너는 내게 기대어 똑바로 서고
나를 먹이야 비로소
네 몸이 힘을 얻나니
나를 먹어라 어서 나를 먹어라

나를 먹어야
네 뼈가 돌보다 더 단단해지리라
나를 갈아서 먹어라 마시라
그리하면 나는 네 속에서
다시 태어나리니

약한 자여

너는 흔들리지 말고 주저하지 말고
까맣게 잘 익은 나를 마시라

서둘러 나를 갈아 마시라
그리하여 네 골수 속에서
내가 새로운 부활의 노래를 부르게 하라

겨울의 방파제 외1

김준엽

서늘해져 가는 날씨에
내 마음도
따라 허전해져 간다.

차디찬 겨울이 깊어 갈수록
내 마음은 더욱더 허전해져서
다시는 깨어날 수 없는
잠에 빠지고 말거라는 예감하기에
일찍 눈을 뜨고
새로운 기분으로 하루를 열어서
각오를 새롭게 하고
어제의
나약한 마음과 쇠퇴해져 가는
정신을 훨훨
차디찬 바람에 날려 보내고
맑고 맑은 아침 공기에
모든 것을 맡긴다.

겨울의 방파제에 홀로 서서
부서지는 하얀 파도를
바라보니 웬일인지 모르게
눈물이 앞을 가린다.

나의 슬픈 추억들이
부서져 버리고
밝은 앞날의 삶
희망을 가슴에 담아서
집으로 돌아온다.

깃털 없는 새

깃털이 빠지고 없어도
그것을 아는지 모르는지
새는 날려고 날갯짓을 하지만
몸 안 떠오르고
힘만 빠지네.

지친 몸으로 하늘 보니
동료들은 어깨동무하고
푸른 하늘을 날아가네.

가슴에 맺힌 그리움
소리쳐 말하고 싶어도
소리조차 못 치니
저 큰 눈에 눈물 흘리고
주저앉아 버리네.

누가
작고 작은 가슴에

푸른 꿈 잃게 하고
슬픈 눈물을 강에
흘리게 하였는가?

불당골 종소리 외1

김창현

일봉산 산자락 끝
불당골 양지 뜸엔

천년 소나무 푸른 숲
변함없이 지켜오다

아파트 단지 재개발 때문에
헐려벌니 어깨쭉지

눈 녹아 흐르는
종소리 물소리도

봄 마중을 가는지
졸졸졸 따라나서

개나리 울타리 눈썹 가엔
벙근 입이 모인걸

제철을 만난 봄이면
아지랑이 따라 봄내 품고

더운 가슴 팔을 뻗어
반쯤 올려 추수르다

산줄기
어깨 능선 꿈같이
돌아앉은 봉우리

천애를 보듬다가

산자락 턱 괴고 앉아
눈 감고 염주(念珠) 헤아린다

실바람 눈부신 빗질
꿈을 꾸듯 나부끼면

얼마나 큰 미련 남았길래
천애(天涯)마저 보듬는가

세월 속 묻어둔 정
보내고 배웅한 뜰 앞에

진실로 아픈 마디가
물안개로 거슬러 뜨면

낮달이 불야성(不夜城) 늪 위에 떠
해맑게 웃던 그 연꽃

거제도 포로수용소에서 외1

문용덕

핏물에 절여진 동백꽃잎
살육전에 시달린 나무줄기
꺾이고 찍혀 비틀어지고
피기도 전에 까맣게 찌들어졌구나

철조망 속에
또 하나의 장벽을 만들어
투쟁실적을 쌓아야 혁명투사가 된다고
송환을 원치 않는 동료의 심장을 꺼내어
인공기를 만들어 게양하고, 적기가를 부르며
미쳐 날뛰던 이리떼들의 피밭

잊을 수 없는
슬픈 사연 가슴에 안고
오늘도 염원하는
겨레의 봄을

갈매기는 아는가

하늘을 맴돌며
달래고 간다

겨울나무

살이 붙어 있는 것조차
죄스러워
앙상한 뼈대만으로
두 손을 올려
하늘을 향해
속죄하고 있다

푸른 바람을 독차지한 죄
허영의 의상으로 유혹한 죄
뿌리를 넓게 뻗어 땅을 욕심 부린 죄
이웃을 억눌러 혼자만 햇빛을 차지한 죄

가지를 칼질하는 바람에도
감사를 하며
순백의 미사포 쓰고
참회를 한다

새봄처럼 새로워지겠다고

온몸으로
기도하고 있다

돌탑을 쌓아가는 사람들 외1

백국호

노고단, 성삼재에서 뱀사골로 내려오는 길목
하늘 아래 첫 동네
심원마을

모두 다
돈과 벼슬
도시가 좋다고 할 때

지리산의 숲과
산그늘이 좋아서
세상을 뒷걸음쳐온 사람들
계곡물처럼 살고 싶었던 이들이 살고 있다

사랑하는 사람과
저 바위처럼 뿌리를 내리며
돌탑을 쌓아가는 사람들
그들이 오순도순 삶을 채색하고 있다

갓김치

겨울이 다가올 무렵이면
아내는 갓김치를 담근다
부부싸움 뒤 아내의 눈초리처럼
처음에는 입 안이 얼얼하게 톡 쏜다
눈물이 핑 돈다

갓김치는
마누라를 왜 그리 닮았을까
툭툭 쏘던 아내 눈초리가
차츰차츰 순해지는 것처럼
담근 후 한 사나흘 지난 갓김치는
스스로 익어간다
그렇게 쏘아대던 화를 삭이며

쏘아대다가
쏘아대다가
홀로 화를 삭일 줄 아는
아내

아내는 점점 갓김치를 닮아간다

달맞이꽃 외1

일렁이는 마음
나도 어쩔 수가 없어서
밤이면 밤마다
곱게 단장하고 당신을
기다립니다

당신을 바라보는
이 순간이
내겐 가장 행복한
시간이기에
두려움도 서러움도
내 속에서 다 지워
낼 수가 있었지요

밤을 세고
당신과 눈을 마주하며
활짝 피워 낸
한번의 웃음으로

내 삶의 향기는
짙어지고

당신을 한번 만나고 나면
세상 것 다 얻은 것 같이
기뻐 춤을 추는
나는 수줍은 어릿광대

그림자

나의 욕심만을
채울 수는 없기에
조용히 눈을 감습니다

늘 당신 앞에 서면
짙은 그리움만이 남는
내 모습을 봅니다

늘 내 앞에 서서
빛만을 바라보며
걸어가시는 당신

그래요
그렇게 걸어가세요
난 항상 그대 뒤에 서서
그대 어두움을 감싸 안으며
그대 뒤에서 걸어가겠습니다

엄마 외1

위수연

엄마!
엄마는 나무 같습니다.
뜨거운 여름에는 시원한 그늘을 만들어 주시고
가을엔 튼실한 열매로 주시고
그리고 자신의 모든 것을 나무처럼 아낌없이 주십니다.

엄마!
엄마는 나의 친구이십니다.
나의 화난 마음, 속상한 마음 또 기쁜 마음까지
그대로 드러내도 다 받아주시고 위로해 주시는
나의 따뜻한 친구이십니다.

엄마!
엄마는 바보이십니다.
힘들 때도 고생할 때도 몸이 아플 때도
나는 괜찮다 하시며
묵묵히 그 자리에 계십니다.
잠시 피하시면 고통이 덜 하실 텐데…….

식은땀

사랑하는 아들딸을 어느 날 문득
잃어버리면 모두 식겁을 한다

눈을 크게 뜨고
사방팔방 미친 듯이 이름을 불러댄다
경찰에 도움을 받아 찾아다니지만
아이들이 오리무중일 때
부모는 눈물 콧물 다 쏟는다

망연자실 사라진
자식의 이름을 부르며
어디로 갔는지 애타며 울부짖는다

그러다 가까스로
잃어버린 자식을 찾게 되면
반가움에 부둥켜 안고
이놈아 하며 꺼이꺼이
눈물을 흘린다

자칫 영원히 잃어버릴 것 같은
소중한 자식을 되찾음에
감사하며 이마에 흐른 식은땀을 닦는다

내가 미워할 수 있는 것은 외1

이계천

내가 사랑하고 싶은 사람은
너라고 말해야 아니
눈빛만 보아도 알아줄 수 없니

내가 미워할 수 있는
상대가 너밖에 없다고 말해야 하니
모른 척 하는 것은 아니니
너의 깊이를 어찌 측정해야 하니

세상 것을 얻고
너를 잃는다면
무슨 의미로 존재하니
침묵의 의미는
어찌 풀어야 하니

예쁘다 말해야 아니
누구보다 잘 알잖아
말로 하지 않는다는 것을

밉다는 것도 널 사랑함이요
너의 대한 욕심도 사랑함인 것을

기다림 1

문밖에 귀에 익은 발짝 소리
매일 이 시간이면 반가운 소리
이 세상에서 가장 소중한 사람이
하루 일과를 마친 무거운 발걸음으로
대문 앞에 멈추어 숫자를 누른다

600분 기다림의 시간만큼
수고했다 손이라도 잡아주고 싶고
얼싸 포옹이라도 해주고 싶지만
미소만 달려가 내 소중한 그대에게 안긴다

내 소중한 여인의 애칭(愛稱)은 예쁜 중전
대궐이 아닌 미니 궐 안의 말뿐인 중전이지만
아내여
당신의 퇴근길 기다림의 목마름이라
당신에게 표현 못한 나의 행복이라오

수박을 먹으며 외1

이남로

밤이 묻어났다
어둠으로 깔리는
여름의 속삭임
하루살이가 파고드는
불빛 더위에 채워지는
푸념이 빨갛게 드러낸
몸뚱이로 품는
짜릿한 그 순간
기억을 사로잡다
진하게 밀려오는
더위 속을 지나며

겨울 묵상

시린 바람이 옷깃을 파고들 때
숙인 이삭을 생각합니다.
흔적이 보이는 들녘에서 마음을
숙여봅니다.
지나가는 시간이 그리운 날에는
두 손 모으고 한없는 눈물을 흘렸습니다.
어제의 그리움을 다독여 내일을 준비하는
마음으로 다시 한 번 불을 지펴봅니다.
어제를 반성하는 마음으로 오늘을 설계하고
내일을 기약하는 앞날에 작은 촛불 켜고
두 손 모으고 내일을 기다리렵니다.
흔적만이 숨 쉬는 들녘에서

베를린 장벽도 무너졌는데 외1

이내윤

차디찬
돌로 세우지고
바람 또한
동에서 서쪽으로
서에서 서쪽으로만 맴돌며
굳건히 우뚝 서
무너질 줄을 몰랐건만
그리 쉽게 무너질 줄이야

6.25란 흔적으로
차가운 얼음 같은 냉대로 얼어붙고
참옥한 피로 얼룩져버린 철조망은
50년 60년이 다 가도록
사그라질 줄을 모르는데
무 담담하게만 서 있던
베를린 장벽이
그리 쉽게 무너졌는데
3.8도선의 태풍이 몰아쳐 대도

무너질 줄을 모르고
참혹한 냉담 속에서
북으로 간 바람과
남으로 내려온 바람은
속 시원히 듣고 싶은 노래들을
갖고 오지 못한 채
헛바람으로만
내
귓가를 때리고
지나가는구나

언제 끊어질 줄 모르는
숨통을 움켜진 채
그리운 고향 하늘만 바라보고
한 맺힌 눈물만 되 삼키며
눈물짓는 피난민들이여

낙엽 1

난 그저 걷고 싶다
그대 눈물이 마를 때까지
난 걷고 싶다
그대의 행복을 찾기 위하여

그리고 난
떠나고 싶다
방랑의 나날 속에서
자연의 의미와 향기로써
내 존재의 의미를 알기 위하여

내 마음의 성
욕심의 성을
바닷속으로 던져버리고
그 사랑을 던져버리고
떠나고 싶다

그리고 그 사랑이 무언지

이승에 머무는 진정한
삶이 무언지
무엇인지도 모른 채
난 그 누군가를 기다린다

꿀벌로부터의 가을 외1

이봉명

삶 앞에 냉정해지는
죽음 앞에서 더욱 무력해지는
하나의 존재에서 끝없이
이탈할 수 없는 낮의 길이를 가늠하며
내가 너로부터 부재할 수밖에 없을 때
신이여, 우리를 버리소서
버림받은 영혼을 모아
푸른 하늘로 띄우면, 새벽마다
풀잎에 어리는 서릿발이려니
너의 혼백은 주야로 하얗구나, 수컷이여
흰 것은 어둠을 지우려는도다

그리하여 가을부터 봄을 예감하며
긴 겨울 서두르는 동안
쓰러진 자의 얼굴로 잠시 쉬어가는
신의 모습을 보았다
오직 눈부심의 날들
빈 꿈 하나 키우려니

어제 날개 접고 앉아 당신을 부르다가
긴 밤의 숲을 지나
너를 보았다

장날

올봄에 꼭 사다 키우려고
장날 아침이면 개처럼 시장을 어슬렁거린다
내 속의 은밀한 비밀을 누설해가며
그 놈의 눈빛에 홀려
개 두 마리를 사 가지고
점심 순갈을 놓기가 바쁘게 출발하는
버스를 타고, 이십여 리 시골길을
달려오다 보니, 개들이 먼저 차멀미를 한다

세상은 살다보면 어지러운 것
산골길을 달려가는 버스처럼
수많은 사람을 만나고 헤어지며
차멀미에 쓰러져 눕다가
게걸스럽게 먹었던 점심을 토해내듯
강아지의 희망과 나의 겨냥이
어긋나는 봄날 나른한 오후
저 수상한 명암을 비껴서
장바닥에 널어두고

꼭 한 번씩 방문을 할퀴고 다가와
내 발뒤꿈치를 물고 늘어지는
강아지의 날카로운 이빨을 알리
너만은 알리

탐지용 지팡이 외1

조재훈

꾹꾹 눌러 보고 툭툭 쳐 보고 푹푹 찔러 보고
쿡쿡 쑤셔 보고 찍찍 긁어 보고 쓱쓱 무질러 보고
콕콕 찍어 보고 휘휘 저어 보고 쾅쾅 두드려 보고

물자가 풍부해서일까 어떤 길은 더러운 것을
비닐 장판으로 덮어놓은 데가 있고
합판 같은 것으로 가리어 놓은 장소가 있네
꾹꾹 눌러 보고 툭툭 쳐 보고

위장을 해놓지 않는 곳이라도
해동기에는 섣불리 발을 옮겼다가 큰 낭패를 하고
디딤이가 될 만한 얼음 덩어리도 다 사윈 재처럼
부스러지니
푹푹 찔러 보고 쿡쿡 쑤셔 보고

미끄러운 비탈길에 살얼음까지 얼었다면
그리고 그 위에 모래나 연탄재 뿌렸다고 하더라도
찍찍 긁어 보고 쓱쓱 문질러 보고

등산길에 올라 이끼가 덮이고 낙엽이 쌓인 길이라면
아니 극지대의 탐험에서 단애에 살짝 눈이 덮인 곳이
라면
콕콕 찍어 보고 휘휘 저어 보고 또 쾅쾅 두드려 보고

아문젠의 탐험길 리빙스톤의 종단길 고상돈의 등정길
남 북극은 물론 사하라 사막과 에베레스트 달나라에도
지팡이가 아니었다면 나설 수 없는 탐험길이었네

수지 지팡이

비록 창조력은 없지만 응용력으로 따지자면
신의 경지에 오르게 될 인간인가
석탄에서 실과 당분을 뽑아내고
연약한 사람의 씨를 쥐에게서 튼튼하게 키우고

양과 송아지를 복제하며, 뿌리는 감자, 열매는 토마토
나무의 기름을 짜서 가공하고
또 화학제품의 수지를 합성하고
마침내 사람들은 합성수지로 나무보다 나은 재료를 만
들고

플라스틱 제품 가운데는 지팡이도 끼어 있었다
의수 의족에 인공 관절
인공 각막에 인공 심장……
그러니까 합성수지로 만든 지팡이는 당연한 것이었다

플라스틱 그릇과 가구
자동차와 선박 그리고 비행기

그런데 이것은 철보다도 영구적이라
백 년을 지나도 그대로 있다니

봄 강에서 _{외1}

최경선

오리 자맥질마다
주름치마 펼치는 강물
떨어지는 햇살을 받는다

지난겨울 얼었던 가슴
새봄에 다 풀어놓고
잔잔한 물살 가르는 몸짓

혹여 너 떠난다 해도
이 강가 거닐 것이다
바라만 보아도
따뜻해지는 가슴있기에

봄 풍경

연초록 잎사귀
봄바람에 살랑이고
금방 뚝
물고기라도 떨어질 듯한
하늘이 바다를 담고 있다

살얼음도 녹고 없는
빈 강가에
기지개 켠 앙증맞은
청동오리 동 동 동

포근한 햇살 아래
마냥 졸던 강아지
훑고 달아나는 바람 쫓아
두 귀 쫑긋 모아 세운다

들꽃 외1

울음 우는 들녘의
한 송이 꽃으로 피어
설움의 노래 부르며 섰노니
그대들 나 여기 있다 말하지 마라

하늘
그 시리도록 그리운 고향을 향하여
어여쁜 꽃으로 피어났으니
내 가녀린 혼이
매서운 바람에 떨며 울어도
그대들 애달프다 말하지 마라

이 땅에
내가 살 수 있는 한 치의 자유가 있어
뿌리박아 살 수 있음을 기뻐하리니
외로움은 설움으로 황홀하고
설움은 눈물로 깨끗하여라

정물화

독사 한 마리
땡볕에 똬리를 틀고
꼼짝없이 앉아
독을 달이고 있네

바람 한 점 없는 날
꽃향기에 취해서

아직 오실 분이 아닌데
무슨 까닭 있으신가
미륵불 하나
고요를 휘감고 있네

2015 장애인 창작집 발간지원 사업 선정 작품집

안에서 내다본 밖

1쇄 발행일 | 2015년 12월 20일

지은이 | **최미림** 외
펴낸이 | **정화숙**
펴낸곳 | **개미**

출판등록 | 제313 – 2001 – 61호 1992. 2. 18
주소 | (04175) 서울시 마포구 마포대로 12, B-109호(마포동, 한신빌딩)
전화 | (02)704 – 2546
팩스 | (02)714 – 2365
E-mail | lily12140@hanmail.net

ⓒ 최미림 외, 2015
ISBN 978 – 89 – 94459 – 61 – 5 03810

값 10,000원

주최 | 대한민국 장애인 창작집필실
주관 | 장애인인식개선오늘(고유번호 305-80-25363. 대표 박재홍)
심사 | 발간지원 사업 심사위원회
후원 | 대전광역시, 대전문화재단, (재)아름다운가게, 대전시버스운송사업조합,
      (주)유진택시, (주)삼진정밀, (주)맥키스컴퍼니, 계간 문학마당